ANTIGONE,

TRAGÉDIE EN CINQ ACTES,

PAR

A. DUHAMEL.

PRIX : 3 FR.

PARIS.

CHEZ J.-N. BARBA, LIBRAIRE,

PALAIS-ROYAL, GRANDE COUR, DERRIÈRE LE THÉATRE-FRANÇAIS,

A CÔTÉ DE CHEVET.

1834

ANTIGONE,

TRAGÉDIE EN CINQ ACTES.

PRIX : 3 FR.

IMPRIMERIE DE E. DUVERGER,
RUE DE VERNEUIL, N. 4.

ANTIGONE,

TRAGÉDIE EN CINQ ACTES,

PAR

A. DUHAMEL.

PARIS.

CHEZ J.-N. BARBA, LIBRAIRE,

PALAIS-ROYAL, GRANDE COUR, DERRIÈRE LE THÉATRE FRANÇAIS,

A CÔTÉ DE CHEVET.

1834

PERSONNAGES.

ANTIGONE.

HÉMON, fils de Créon.

CRÉON, roi de Thèbes.

ISMÈNE, sœur d'Antigone.

NARBAS, confident de Créon.

IDAMANTE, officier chargé de la garde
de Thèbes.

GARDES.

La scène se passe à Thèbes dans le palais de Créon ; le premier
et le quatrième acte dans l'appartement d'Antigone, et les
trois autres actes dans l'appartement de Créon.

ANTIGONE.

ACTE I.

SCÈNE PREMIÈRE.

ANTIGONE, ISMÈNE.

ISMÈNE.

Ma sœur, je te revois! Quel fardeau de douleur
Paraît s'appesantir sur ton malheureux cœur!...

ANTIGONE.

Connais-tu tous nos maux?

ISMÈNE.

    Eh quoi! des maux encore!
Ciel, n'es-tu pas lassé? Du lever de l'aurore,
De cette heure où j'ai vu nos frères malheureux
De leur sang parricide épouvanter ces lieux,
Où, frappés de leurs coups, aux yeux de la patrie,
L'un sur l'autre soudain ils sont tombés sans vie,

Seule dans ce palais et tout à mes douleurs,
Aucun nouvel ennui n'a demandé mes pleurs ;
Mais parle : tout mon cœur se glace plein d'alarmes.

ANTIGONE.

Roi par la mort de ceux qui font couler tes larmes,
Créon a signalé son empire nouveau.
A l'un des fils d'OEdipe il ferme le tombeau ;
Polynice aux vautours doit servir de pâture ;
Si quelqu'un à son corps donne la sépulture,
La mort sera le prix de ce généreux soin.

ISMÈNE.

Ah ! pleurons : de nos cœurs c'est le premier besoin.
Un tyran sacrilége insulte notre frère ;
Mais nous pouvons pleurer une tête si chère.

ANTIGONE.

Des pleurs ! parle : à quoi bon tes regrets et tes pleurs,
Quand ton frère est privé des suprêmes honneurs ?
Tes pleurs ouvriront-ils à son ombre sacrée
De l'empire des morts l'inexorable entrée ?
Tes pleurs lui donnent-ils le calme des tombeaux ?
Tes pleurs empêchent-ils que d'outrages nouveaux
Un vil peuple à chaque heure environne sa cendre ?
A nos cœurs Polynice impose un soin plus tendre :
Dès que la nuit plus sombre obscurcira les cieux,
Nous oserons porter nos pas silencieux

Aux champs où Polynice attend la sépulture ,
Et, malgré les périls, honorant la nature ,
Nous confierons un frère à l'asile des morts.

ISMÈNE.

Ce projet est, ma sœur...

ANTIGONE.

Digne de nos efforts.

ISMÈNE.

Qui pourra nous cacher à ce tyran impie?

ANTIGONE.

La nuit.

ISMÈNE.

Quoi! la nuit seule ?...

ANTIGONE.

Eh bien! les Dieux.

ISMÈNE.

Ta vie
Me prouve que les Dieux sont pour toi sans faveur.

ANTIGONE.

Que vois-je? Sur ton front se répand la pâleur.
Tu trembles?

ISMÈNE.

Je l'avoue, un horrible présage
Me défend d'approuver...

ANTIGONE.

Ismène, quel langage!
Va, tu n'es pas ma sœur. Quoi!...

ISMÈNE.

Ne t'irrite pas :
Tu le veux, cette nuit je marche sur tes pas.

ANTIGONE.

Non, je te le défends ; garde-toi de me suivre :
Tu dois braver la mort et tu songes à vivre !
A l'aspect du péril s'étonner abattu,
C'est découvrir un cœur mal né pour la vertu.
Mon frère aura la tombe et des mains d'Antigone ;
Toi, reste.

ISMÈNE.

Le soupçon veille et nous environne ;
Tous nos pas sont comptés ; ce palais de Créon
N'est-il pas ta demeure ou plutôt ta prison?
L'œil du tyran te voit et rêve ici ta perte ;
A tes moindres discours son oreille est ouverte ;
Accomplis ton projet, insulte à son courroux,
Tu n'es plus, le cruel va frapper tous ses coups.

ANTIGONE.

J'aurai du moins bravé son injuste puissance.

ISMÈNE.

Ecoute bien plutôt la voix de la prudence.

ANTIGONE.

La prudence souvent n'est que la lâcheté.

ISMÈNE.

La vertu quelquefois n'est que témérité.

ANTIGONE.

Quand le devoir commande il faut tout entreprendre.

ISMÈNE.

Quand le but est trop haut il ne faut pas y tendre.

ANTIGONE.

Eh bien ! si le ciel m'offre un chemin au tombeau,
Pour ne pas y marcher, ce chemin est trop beau.
Mes mânes se joindront à ceux de ma famille ;
Je verrai mon vieux père orgueilleux de sa fille.
Frère cher à mon cœur, sur les bords ténébreux
Je me présenterai sans rougir à tes yeux ;
Fière de mon trépas, d'une main triomphante
Je pourrai te montrer ma blessure sanglante :
On profanait ton corps, te dirai-je, et mon flanc
T'acheta le tombeau du prix de tout son sang.

ISMÈNE.

O ma sœur ! tu le sais, notre malheureux père
A de ses yeux sanglans exilé la lumière ;
Sa vieillesse partout maudite des humains
Apprit à dévorer l'opprobre et les dédains ;
OEdipe, renversé du sein de l'opulence,
Mendiait avec toi le pain de l'indigence :

Epouse de son fils, se prenant en horreur,
Notre mère a plongé le poignard dans son cœur ;
Polynice et son frère, armés par les furies,
Dans un même trépas ont confondu leurs vies :
Ainsi que tous les tiens, veux-tu forcer le sort
A terminer tes jours par une horrible mort ?
Laisse attendrir ton cœur; chère Antigone, arrête;
Aux haches du tyran n'expose point ta tête :
Si jamais tu m'aimas, vis par pitié pour moi ;
Pour consoler ses maux Ismène n'a que toi.
Si tu meurs, nulle main n'essuiera plus mes larmes,
Je n'aurai plus un sein où verser mes alarmes.

ANTIGONE.

Ismène, c'en est trop : quoi! tu veux dans mon cœur
Imposer le silence à la voix de l'honneur!
Tu prétends me séduire, et ta perfide adresse
Pour me rendre barbare excite ma tendresse !
Ah! crains que s'arrachant à la nuit du trépas
Polynice indigné ne porte ici ses pas
Pour mettre dans ton sein le serpent des furies,
Le remords qui s'attache aux criminelles vies ;
Crains que peut-être un jour ses mânes furieux
Ne guident jusqu'à toi la vengeance des cieux ;
Crains du dieu des enfers la justice suprême..

ISMÈNE.

On vient : dissimulez. Créon !

ANTIGONE.

Oui, c'est lui-même.

SCÈNE II.

CRÉON, ANTIGONE, ISMÈNE.

CRÉON.

Souffrez qu'à vos regrets je mêle ici des pleurs :
Roi depuis un instant, le trône et ses honneurs
Ne calment point...

ANTIGONE.

Je crois votre douleur extrême.
Vous m'en offrez l'hommage ?

CRÉON.

Avec le diadème.
Orgueilleux de pouvoir agrandir votre sort,
Je veux mettre en vos mains le sceptre après ma mort.
Je ne me cache point que si Thèbe alarmée
N'eût demandé pour maître un vieux chef de l'armée,
Un roi qui par le fer pût défendre ses lois,
Au rang où je me vois vous auriez eu des droits ;
Mais puisque vos aïeux ceignirent la couronne ,

Que la gloire des rois un jour vous environne.
Je n'ai qu'un fils; souffrez que de votre grand cœur
Par des respects profonds il devienne vainqueur.
Je puis, avec Hémon, donner aussi mon trône :
L'un et l'autre, je crois, sont dignes d'Antigone.

ANTIGONE.

Quand mes frères encor palpitent dans nos champs,
Mon cœur est occupé de soins trop importans
Pour que je daigne ici répondre à qui m'offense

CRÉON.

La douleur est farouche et pleine d'arrogance ;
Mais quand pour vous je forme un projet de bonheur,
Vous devriez répondre avec moins de hauteur.

SCÈNE III.

ANTIGONE, ISMÈNE.

ANTIGONE.

Me proposer son fils! Ismène, quel outrage!

ISMÈNE.

Si la nécessité commande à ton courage...

ANTIGONE.

Que vas-tu dire? ô ciel !

ISMÈNE.

De tristes vérités.

Tu pourrais adoucir les destins irrités.

Je sais que si Créon veut t'appeler sa fille,

C'est afin que tes droits entrent dans sa famille.

Il est sans repentir ; mais tu connais Hémon ;

Quel crime fut le sien ?

ANTIGONE.

Il est fils de Créon !

C'est Créon dont les mains, aux forfaits destinées,

De larmes et de deuil ont tissu mes années ;

C'est lui qui, sur les miens épuisant son courroux,

Affectait la tendresse et nous portait des coups ;

C'est lui qui, de son trône arrachant notre père,

Abreuva ses vieux jours d'opprobre et de misère.

Ah ! je le vois encor, couvrant ses noirs projets,

Exciter par ses cris de perfides sujets ,

Et leur montrer au ciel des Dieux pleins de furie,

S'ils ne chassaient leur roi des murs de la patrie.

ISMÈNE.

Est-il juste, ma sœur, de punir sur le fils

Les forfaits trop nombreux que Créon a commis?

Hémon est vertueux; c'est en vain que son père

Tenta de lui léguer son injuste colère ;

Quand le tyran voulut lui donner sa fureur,

A des conseils de crime Hémon ferma son cœur :
Sous ses traits, embellis des dons de la nature,
Les Dieux ont renfermé des ames la plus pure ;
Dans son sein, que pénètre une tendre amitié,
Nos ennuis font gémir l'accent de la pitié :
Malheureux de nos maux, triste de nos alarmes,
Pour toutes nos douleurs ses yeux ont eu des larmes.

ANTIGONE.

Ismène, tu dis vrai ; mais le plus saint devoir
D'un œil d'inimitié m'ordonne de le voir.
Ecoute : de nos murs quand, chassant notre père,
Et sur lui des enfers invoquant la colère,
Les Thébains proscrivaient ce vieillard malheureux
Qu'avait fui pour jamais la lumière des cieux,
Du peuple je bravai les cris et la poursuite,
Et d'OEdipe, tu sais, j'accompagnai la fuite.
Nous portions avec nous la haine et la terreur ;
A notre nom maudit on frémissait d'horreur ;
L'étranger pâlissant fuyait à notre vue
Et croyait voir sur lui la foudre descendue.
Nous choisissions, pour fuir l'outrage des humains,
Les lieux inhabités et les déserts lointains.
Bientôt, las de porter ce poids d'ignominie,
Notre père exhala les restes de sa vie.
J'ai toujours devant moi l'antre du Cythéron :

C'est là qu'en succombant il abhorrait Créon ;
C'est là que je voyais sur son noble visage
S'étendre de la mort le ténébreux nuage ;
Et là, pâle d'horreur, je serrais dans mes bras
Son corps, qu'hélas! déjà raidissait le trépas.
Mais tout à coup, ma sœur, se ranima mon père,
Sur son front indigné se plaça la colère,
Dans ses yeux aveuglés je vis rouler des pleurs ;
OEdipe s'irritait de ses longues douleurs :
« Je meurs, me disait-il, environné d'alarmes,
« Et Créon est celui qui fait couler mes larmes !
« Expirer sans vengeance, oh ! quelle horrible mort !
« Je te laisse un grand soin ; songe à venger mon sort ;
« Succède à mon courroux. Si tu m'aimes, ma fille,
« Jure haine à Créon, à toute sa famille. »
Aussitôt cette main se mit en frémissant
Entre les froides mains de mon père expirant,
Et ma bouche, d'un ton qu'altérait la furie,
Maudit et le tyran et sa famille impie.

ISMÈNE.

Si mon père eût connu la grande ame d'Hémon...

ANTIGONE, troublée.

Ah ! jamais devant moi ne prononce son nom.

ISMÈNE.

Contre un jeune héros ton ame trop s'irrite.
Dieux ! comme tu le hais !

ANTIGONE , toujours troublée.

Moins qu'il ne le mérite.

ISMÈNE , regardant Antigone.

Antigone !

ANTIGONE , se détournant.

Sur moi ne fixe pas les yeux.

ISMÈNE.

Tu te troubles.

ANTIGONE , après une longue pause.

Eh bien ! vois mes tourmens honteux.
Je veux m'humilier ; c'est trop long-temps me taire :
Pénètre de mon cœur l'avilissant mystère.
Ce cœur... tu le croyais peut-être à la vertu...
Mais non , il est rampant, sous le joug abattu.
Tous les feux de l'amour ont passé dans mon ame ;
Et quel objet indigne est l'objet de ma flamme !
Ciel ! puis-je sans périr l'appeler par son nom ?
Du féroce tyran c'est le fils , c'est Hémon !

ISMÈNE.

Tu cachais ton amour à cette sœur qui t'aime ?

ANTIGONE.

Hélas ! j'aurais voulu le cacher à moi-même.

ISMÈNE.

Qui fit naître tes feux ?

ANTIGONE.

La céleste fureur.

ISMÈNE.

De quel œil tu les vois !

ANTIGONE.

Ismène , avec horreur.

ISMÈNE.

Que l'on doit plaindre...

ANTIGONE.

Une ame à l'amour asservie.
La mienne cependant garde assez d'énergie
Pour cacher ses pensers à l'œil de mon amant.
Il ne sait point encor mon indigne tourment.
Quand Hémon à mes pieds dépose sa tendresse ,
Je fais parler ma voix d'un accent de rudesse.
L'infortuné m'entend l'outrager sans respect.
Mais , vains efforts ! je cherche et je fuis son aspect.
Si je ne le vois pas , je pleure son absence ;
Si je le vois , mon cœur se brise à sa présence.
Dans le sein qu'on chérit mettre le désespoir ,
Immoler son amant à l'austère devoir ;
Quand le cœur malgré vous vole pour dire : J'aime ,
Dire toujours : Je hais ; Dieux ! quel supplice extrême !
L'enfer peut-il former un destin plus affreux?...
Mais j'aperçois Hémon ! fuyons loin de ces lieux.

SCÈNE IV.

HÉMON, ANTIGONE, ISMÈNE.

HÉMON, à part.

Fuyons! ce mot, je crois, a frappé mon oreille!
Toujours à mon aspect sa haine se réveille.

Haut.

Si j'ose dans ces lieux mettre un pied indiscret,
Si de vos entretiens je trouble le secret,
Pardonnez à l'ardeur du zèle le plus tendre
Qui jamais devant vous puisse se faire entendre.
Vos frères malheureux ont terminé leurs jours,
Et vous laissent, hélas! sans appui, sans secours.
A vos ordres sacrés soigneuse de complaire,
Une main aujourd'hui vous devient nécessaire.
Hémon de vous servir peut-il briguer l'honneur?
Ah! si je puis sur vous appeler le bonheur,
Au prix de tous mes soins, que dis-je? de ma vie,
Pour me voir les Dieux même auront des yeux d'envie!

ANTIGONE, avec contrainte.

D'un ennemi, seigneur, les bienfaits font rougir.

HÉMON.

Je suis votre ennemi! grands Dieux! moi, vous haïr!
Quoi! tous mes soins, l'amour qui tout entier m'enflamme

D'horreur à mon discours ont soulevé votre ame !
Votre bouche à mon bras défend de vous servir :
Eh bien ! je jure ici de vous désobéir !

ANTIGONE.

Je demande un effort à votre grand courage.

HÉMON.

Madame, quel est-il ?

ANTIGONE.

Prince, un refus outrage :
Ma demande pour vous sera-t-elle un devoir ?

HÉMON.

Sur Hémon d'Antigone essayez le pouvoir.

ANTIGONE , avec attendrissement.

De ce jour à jamais évitez ma présence.

HÉMON.

Ah ! quel ordre vous dicte une injuste vengeance !

ANTIGONE.

Je suis fille d'OEdipe, et vous fils de Créon :
Nous devons, vous et moi, frémir à notre nom.

HÉMON.

Madame, à votre nom mon cœur bat de tendresse.

ANTIGONE.

Le mien à votre nom se serre de tristesse.

HÉMON.

Malgré vos cruautés mon cœur doit vous chérir.

ANTIGONE.

Malgré tout votre amour le mien doit vous haïr.

HÉMON.

A votre inimitié ne cherchez point d'excuse,
Madame ; quel forfait devant vos yeux m'accuse ?
Parlez.

ANTIGONE.

     Aucun.

HÉMON.

       Eh bien ! n'est-il pas inhumain?...

ANTIGONE.

Mais au fils de Créon si j'unissais ma main,
Prenant à mes regards un sacré caractère,
Créon enchaînerait mon bras et ma colère ;
Je ne pourrais sans crime abhorrer son aspect ;
Il se verrait des droits à mon tendre respect ;
Celui qui de malheurs accabla ma famille,
Je lui dirais, mon père ! il me dirait, ma fille !
Oh ! non ; mon ame veut, libre de son courroux,
Maudire et le tyran, et sa famille, et vous !

HÉMON.

Que mon père ait formé des projets de furie,

Vous l'avez bien vaincu, madame, en barbarie :
Si vous saviez l'effet de votre inimitié,
Vos yeux m'accorderaient les pleurs de la pitié.
De mon cœur que ne puis-je écarter tout nuage,
L'exposer nud ici? L'aspect de votre ouvrage
Vous ferait reculer en maudissant vos coups.
Vous verriez les douleurs qu'y met votre courroux,
Combien vos fiers dédains et vos moindres injures
Le font saigner long-temps, lui portent de blessures.
Que votre main du moins abrége mon tourment ;
Enfoncez le poignard au sein de votre amant.
Le sang d'un ennemi, consolant vos alarmes,
A votre esprit vengé fera goûter des charmes ;
Et moi, frappé d'un fer conduit par votre bras,
Avec quelque plaisir je verrai mon trépas.

ANTIGONE, hors d'elle-même.

Les douleurs... qu'à mes pieds vous venez de répandre,
Croyez... que dans mon cœur elles se font entendre.

HÉMON.

Madame, est-il bien vrai?

ANTIGONE.

Dieux !

HÉMON, regardant Antigone.

Antigone !

ANTIGONE, regardant Hémon.

Hémon !

HÉMON, avec la plus vive tendresse.

Quand je vous aime tant, me haïr sans raison!

ANTIGONE.

Vous avez des vertus... mais aussi votre père...
OEdipe qui n'est plus... une juste colère...
Ma bouche qui jura des malédictions...
Ah! votre aspect me tue... Ismène, viens, sortons.

HÉMON.

Restez : votre courroux exige mon absence ;
Je vais vous délivrer du poids de ma présence.
Adieu.

SCÈNE V.

ANTIGONE, ISMÈNE.

ANTIGONE.

Le désespoir obscurcissait ses yeux.
S'il allait... cours... Mais non; ne quitte point ces lieux.
A présent que la nuit a d'épaisses ténèbres,
L'ombre de Polynice attend des soins funèbres,
Et l'heure du devoir...

ISMÈNE, retenant Antigone.

Pour la dernière fois,
Ma sœur, écoute...

ANTIGONE, s'arrachant des bras d'Ismène.

Non ; je n'entends plus ta voix ;
Je n'entends que le ciel qui parle à ma tendresse.

ISMÈNE, seule.

Elle me fuit ! et moi, dans l'horreur qui me presse,
Je cours, de tous nos Dieux embrassant les autels,
Invoquer sur ma sœur l'appui des Immortels.

ACTE II.

SCÈNE PREMIÈRE.

CRÉON, NARBAS.

CRÉON.

Que tu me juges mal ! va, tu me fais injure.
Si Polynice implore en vain la sépulture,
C'est qu'ainsi, cher Narbas, je veux épouvanter
Quiconque à l'avenir oserait l'imiter.
Je n'écoutai jamais des conseils de vengeance ;
Mes ordres sont l'effet d'une haute prudence :
Tu sais que Polynice, enivré de fureur,
Tenta de renverser un frère usurpateur;
Qu'à des titres douteux j'ai saisi la couronne :
Si, comme lui, quelqu'un voulait saper mon trône,
Qu'il recule en voyant où mène un tel dessein,
Et qu'un projet fatal s'exile de son sein.

NARBAS.

Antigone par vous sera frappée encore ;

Voulez-vous que l'ennui pour jamais la dévore ?
Vous venez de monter au rang de ses aïeux :
Polynice est pour elle un objet précieux.
S'il gémit plus long-temps couché sans funérailles,
Ah ! de quelles douleurs vont frémir ses entrailles !
Craignez qu'elle ne croie obéir au devoir
En méprisant, seigneur, votre nouveau pouvoir.

CRÉON.

Oui, tu dis vrai. Je sais que son esprit austère
Déploie avec orgueil le plus fier caractère.
Dans le fond de son ame elle doit me haïr :
Souvent à mon aspect j'ai vu son front pâlir ;
Mais j'ouvrirai sur elle un œil de surveillance.
On lui donne partout des noms de bienveillance :
Ambitieuse un jour de voir régner ses lois,
Peut-être elle viendra m'opposer ses vains droits.

NARBAS.

Les bienfaits sur cette ame auraient de la puissance.

CRÉON.

Elle peut le prouver : qu'une illustre alliance,
Lui donnant de mon fils et le sceptre et le cœur,
L'enchaîne à ma fortune et fasse son bonheur ;
Et que, s'applaudissant de devenir ma fille,
Elle unisse ses droits aux droits de ma famille.
C'est alors qu'étouffant l'hydre des factions,

Je pourrai déposer la crainte et les soupçons.

NARBAS.

Seigneur, à vos bontés si son ame résiste....

CRÉON.

Elle dédaigne Hémon; mais si son cœur persiste,
Qu'elle tremble.

NARBAS.

O mon prince !

CRÉON.

                Une prompte rigueur
A souvent d'un état conjuré le malheur.

NARBAS.

La pitié sait parler à votre ame attendrie.

CRÉON.

Oui; mais j'entends aussi la voix de la patrie.

NARBAS.

La patrie exiger un forfait odieux !

CRÉON.

Elle peut exiger le sang d'un factieux.

NARBAS.

Quoi ! vous pourriez ?...

CRÉON.

                Laissons les discours inutiles.

Tu vas me reprocher des frayeurs puériles ,
Narbas ; mais , je ne sais , de noirs pressentimens
M'offrent un avenir tout chargé de tourmens.
Lorsqu'un sommeil pénible accablait ma paupière ,
Un spectre.... d'Antigone , ami , c'était le père ,
Devant moi tout à coup s'est dressé furieux :
Il semblait m'apporter la colère des Dieux.
Le cruel m'embrassait dans ses froides étreintes ,
Et d'un ton sépulcral : Bannis toutes tes craintes ;
Aux royaumes des morts viens , descends avec moi.
J'ai vu soudain ces lieux où règne un morne effroi :
J'avance en pâlissant ; à ma sinistre vue
Des ombres en courroux fuit la foule éperdue.
L'enfer à mon aspect s'agitait de fureur ;
Je semblais augmenter sa ténébreuse horreur.
Je ne sais quelle femme insultait mon courage .
Et moi , pour me venger d'un importun outrage ,
J'ai frappé ; mais les coups dont j'atteignais son flanc,
O prodige ! à grands flots faisaient couler mon sang.
Cependant , ô Narbas ! de fantômes difformes ,
De larves gémissans , d'épouvantables formes
Se pressait à mes yeux l'assemblage confus.
Faisant alors siffler tous ses serpens tissus ,
Une Euménide... Ah Dieux !.. dans sa main irritée
J'ai distingué d'Hémon la tête ensanglantée.
J'ai poussé mille cris , et mon affreux sommeil

S'est enfin terminé par un affreux réveil.

NARBAS.

Dans les songes, seigneur, nos ames étonnées
Ont quelquefois percé la nuit des destinées.

CRÉON.

Écoute, cher ami : près de cette cité
Est un lieu des humains et du ciel respecté ;
C'est l'auguste séjour d'un pontife et d'un sage ;
L'avenir à ses yeux dépouille tout nuage.
Polytor est son nom : sa prophétique voix
Sur leurs trônes souvent épouvanta les rois.
De Laïus et d'OEdipe et de toute sa race
D'avance il avait dit l'effroyable disgrace.
Puisse-t-il m'annoncer de moins affreux malheurs !
Cours vers lui, dis quel songe a causé mes terreurs,
Demande si je dois pâlir de ce présage....

SCÈNE II.

IDAMANTE, CRÉON, NARBAS.

IDAMANTE.

La garde de la ville honore mon courage ,
Grand prince ; votre cœur, daignant croire à ma foi,
Du salut des Thébains s'est reposé sur moi.
Je dois, fidèle au cri de la reconnaissance ,

Vous dire quels complots bravent votre puissance.
Oui, quelque factieux, dans sa témérité,
Oubliant de vos lois l'auguste sainteté....

CRÉON.

On se rit de mes lois !

IDAMANTE.

L'audace et l'artifice
Ont enlevé, seigneur, le corps de Polynice.

CRÉON.

Comment ? à quel instant ? quel est l'audacieux ?

IDAMANTE.

Le coupable, seigneur, a trompé tous les yeux.
Sans doute de la nuit le moment le plus sombre
A couvert l'attentat du secret de son ombre.

CRÉON, à part, réfléchissant.

Ciel ! peut-être !... Soyons de mon doute éclairci.
Haut.
Qu'Antigone par vous soit amenée ici.

SCÈNE III.

CRÉON, NARBAS.

NARBAS.

Écoutez-vous, seigneur, un soupçon téméraire ?

CRÉON.

Le soupçon pour les rois est souvent nécessaire,
Narbas; j'ai vu tantôt Antigone et sa sœur :
J'ai peut-être surpris les secrets de leur cœur.
Mon aspect les troublait, et la timide Ismène
A son mortel effroi commandait avec peine;
Les yeux fixés à terre, évitant de me voir,
Antigone parlait de frère, de devoir;
Et son ame, par moi cruellement blessée,
Semblait d'un grand projet méditer la pensée.

NARBAS.

Par un doute outrageant gardez-vous de l'aigrir.

CRÉON.

Qu'elle se garde aussi de me désobéir.

NARBAS.

L'infortune, seigneur, provoque l'indulgence.

CRÉON.

Et le pouvoir bravé demande la vengeance.

NARBAS.

Antigone paraît : mieux que moi ses discours
D'injurieux soupçons vont arrêter le cours.

SCÈNE IV.

ANTIGONE, ISMÈNE, CRÉON, NARBAS.

CRÉON.

La dépouille d'un traître, à l'opprobre vouée,
Dans l'ombre de la nuit vient d'être dérobée ;
Une profane main vient d'outrager mes lois :
Sur votre cœur altier Polynice eut des droits ;
Est-ce à vous, répondez, qu'il doit la sépulture ?
M'auriez-vous préparé cette sanglante injure ?

ANTIGONE.

Mes frères dans leurs flancs ont égaré leurs bras ;
L'un d'eux est poursuivi par-delà le trépas ;
Je rampe dans les fers ; le sceptre de mes pères,
A mes yeux, a passé dans des mains étrangères ;
Le sort me frappe encor ; je n'ai pu le lasser :
A vous répondre enfin il voulait m'abaisser.

CRÉON.

Au nom des Immortels, de leur sainte puissance,
Madame, oseriez-vous prétendre à l'innocence ?

ANTIGONE.

Ah ! sans pâlir d'effroi, les lèvres de Créon
Osent donc prononcer des Dieux le sacré nom ?
Quand le cœur chaque jour n'enfante que le crime,
Quand, au sein de la mort, insultant sa victime,
On foule aux pieds ainsi les lois des Immortels,
Et que l'on peut encore attester leurs autels,
On devrait s'attirer tous les feux du tonnerre :
On outrage le ciel et l'on ment à la terre !

CRÉON.

Madame !

ISMÈNE.

      Ah ! pardonnez cet imprudent transport
Aux ennuis qu'en son cœur a rassemblés le sort.
L'infortune, seigneur, aigrit notre pensée :
Vos discours menaçans l'ont peut-être offensée.
J'ose le demander, où donc est la raison
Qui sur sa tête appelle un terrible soupçon ?
Savez-vous si la main de quelque Dieu propice
N'a point à vos rigueurs dérobé Polynice ?

CRÉON.

Laissez la, croyez-moi, ces importuns discours.
Polynice a des droits aux célestes secours !
Il trouve dans les Dieux un appui tutélaire,
Celui qui, secouant la torche incendiaire,

Qui, conduisant ici nos ennemis cruels,

S'arma contre les Dieux et contre leurs autels;

Celui qui, sacrilége en sa lâche furie,

Voulut saper les murs de la sainte patrie!

Madame, répondez, ou craignez votre roi :

Est-ce vous dont l'audace a méconnu ma loi?;

ANTIGONE.

Qui? vous, mon roi? Grands Dieux! en parlant à moi-même

Osez-vous affecter l'orgueil du diadème?

Vous avez pu le ceindre au mépris de mes droits;

Mais pourrais-je adorer l'empire de vos lois?

Quoi! pour mon souverain dois-je vous reconnaître?

CRÉON.

Ah! je vais vous montrer si je suis votre maître.

Gardes, ici!

ISMÈNE.

Seigneur!...

SCÈNE V.

HÉMON, ANTIGONE, ISMÈNE, CRÉON, NARBAS.

HÉMON.

Vos redoutables cris

Soudain près de ces lieux ont frappé mes esprits.

Le ciel maudit toujours la funeste puissance
Dont le fer téméraire accable l'innocence :
Je viens pour épargner un crime à votre erreur,
Pour détourner loin d'elle une injuste fureur.
A sa noble vertu rendez plus de justice;
Celui de qui la main employa l'artifice,
Celui qui méprisa les ordres de son roi
Est ici devant vous ; c'est votre fils, c'est moi !

CRÉON.

Quoi! vous?

NARBAS.

Il serait vrai?

ISMÈNE.

Quel cœur!

ANTIGONE.

Quelle imposture!

HÉMON.

Oui, par moi Polynice obtint la sépulture.
Sous nos murs Polynice, étendu sans honneurs,
De la tendre Antigone irritait les douleurs,
Et le désir ardent que j'avais de lui plaire
Me commandait, seigneur, d'ensevelir son frère.

ANTIGONE.

Ciel! croiriez-vous d'Hémon l'infidèle discours?

Mon frère doit sa tombe à mon tendre secours.
Oui, la nuit m'a prêté son silence et son ombre
Pour ravir Polynice à des affronts sans nombre.
Ce projet de vertu se forma dans mon sein ;
Moi seule exécutai ce généreux dessein.

HÉMON.

De mon crime, seigneur, en vain elle s'accuse.

ANTIGONE.

Aux dépens de ses jours faussement il m'excuse.

HÉMON.

Elle a su respecter votre édit menaçant.

ANTIGONE.

Du mépris de vos lois Hémon est innocent.

HÉMON.

Son ame est par les maux, seigneur, désespérée.

ANTIGONE.

Par mon danger plutôt la sienne est égarée.

HÉMON, à Antigone.

Pourquoi donc voulez-vous écarter loin de moi
Les coups qu'a mérités mon oubli de la loi?
Sentant mille douleurs s'agiter dans mon ame,
Dévoré sans espoir de la plus vive flamme,
Abreuvé de mépris, funeste objet d'horreur
Aux yeux qui d'un regard auraient fait mon bonheur,

J'espérais déposer l'infortune et la vie :
Pensant que je mourrais pour vous avoir servie,
Pour avoir prévenu votre plus cher désir,
Tout mon cœur palpitait d'un orgueilleux plaisir.
Mais non : vous m'enviez la fin de ma misère.
Ah ! que votre pitié sensible à ma prière....

ANTIGONE.

Eh bien ! si le malheur est un droit à la mort,
C'est moi dont le trépas doit terminer le sort,
D'un père malheureux plus malheureuse fille,
J'ai vu la main des Dieux sur ma triste famille
S'étendre, et faire craindre aux plus fiers des humains
Les maux qui s'attachaient à mes affreux destins.
Vous nourrissez, Hémon, une brûlante flamme...
Ah! je sais quels tourmens l'amour met dans une ame.
Mais êtes-vous le seul?... Au nom de votre amour,
Permettez à mes yeux de se fermer au jour.
Quand on est dans les fers, quand on est avilie,
La mort paraît si douce, et l'on haït tant la vie !

HÉMON.

Madame, c'est assez; non, je n'ignore pas
Pourquoi tous vos désirs appellent le trépas.
Sans doute ce projet qu'accomplit mon audace
Devrait à vos fureurs ne plus laisser de place;
Polynice éprouvant mes généreux secours

De votre haine enfin arrêterait le cours;
Mais votre ame impuissante à quitter la vengeance
Redoute moins la mort que la reconnaissance.

ANTIGONE.

Comme vous outragez l'auguste vérité !

HÉMON.

Vous ne pouvez douter de ma sincérité.

ANTIGONE.

De ma grande action vous usurpez la gloire !

HÉMON.

Votre sanglant trépas flétrirait ma mémoire.

ANTIGONE.

Je vous ordonne enfin de me laisser périr.

HÉMON.

A cet ordre inhumain je ne puis obéir.

ANTIGONE, après une longue pause.

Si par une promesse Antigone se lie,
Avec religion sera-t-elle accomplie?
Qu'en pensez-vous, Hémon?

HÉMON.

Moi?

ANTIGONE.

Vous-même; parlez.

3

HÉMON.

Madame, je le crois.

ANTIGONE.

Eh bien ! prince, avouez,
Sans tarder, dans l'instant, toute votre innocence,
Ou, j'en jure des Dieux la terrible puissance,
Vous verrez le poignard enfoncé dans mon flanc,
En ces lieux, aujourd'hui, s'abreuver de mon sang.

HÉMON.

Ciel! où suis-je!

ANTIGONE.

Est-ce vous dont le noble courage
Du corps de Polynice a repoussé l'outrage?

HÉMON.

Ah! daignez...

ANTIGONE.

Répondez.

HÉMON.

Je ne répondrai pas.

ANTIGONE.

Pour moi votre silence est l'arrêt du trépas.

HÉMON.

Ma bouche ne peut point s'ouvrir à l'imposture.
Polynice a de moi reçu la sépulture.

ANTIGONE.

Que je suis malheureuse! il me faut donc périr?

Hémon en est la cause : il disait me chérir.

Peut-être qu'en mourant une triste furie

Dans mon sein indigné va ranimer la vie

Pour l'appeler des noms qu'on donne à l'assassin.

C'est lui qui sur moi-même aura conduit ma main.

Je meurs : plus que Créon c'est son fils qui l'ordonne.

Elle va pour sortir.

HÉMON , troublé, retenant Antigone.

Ciel! à quel désespoir son ame s'abandonne...

AAntigone.   A Créon.

Madame... Si du sang l'impérieuse voix

L'eût forcée à braver la rigueur de vos lois,

Pourriez-vous donc, seigneur, ordonner son supplice?

CRÉON.

Je t'entends! Quel était ton indigne artifice!

De ton aspect ici n'offense plus mes yeux.

Crains la sévérité d'un père furieux.

HÉMON , à part, s'en allant.

O ciel, pour Antigone adoucis sa colère!

ANTIGONE , à part.

Grands Dieux, sauvez Hémon des fureurs de son père!

SCÈNE VI.

ANTIGONE, ISMÈNE, CRÉON, NARBAS.

CRÉON.

Madame, ignoriez-vous mes ordres absolus?

ANTIGONE.

Non : jusqu'à mon oreille ils étaient parvenus.

CRÉON.

Et vous n'avez pas craint d'encourir ma vengeance?

ANTIGONE.

J'étais sœur.

CRÉON.

Vous comptiez sur ma faible indulgence?

ANTIGONE.

Je te connaissais bien.

CRÉON.

Parlez : votre action
N'a pas eu de complice?

ANTIGONE.

Elle en eut.

CRÉON.

Qui? leur nom?

ANTIGONE.

Les Dieux qui m'ont aidé.

CRÉON.

D'autres aussi peut-être?

ANTIGONE.

Une complice encor.

CRÉON.

Faites-la-moi connaître.

ANTIGONE.

La vertu.

CRÉON.

Vous croyez qu'il est de la vertu...

ANTIGONE.

Pour en parler jamais, dis-moi, la connais-tu?

CRÉON.

Pourquoi de ma justice honorer la victime?

ANTIGONE.

Pour m'attirer tes coups et te noircir d'un crime.

CRÉON.

Vous pouvez m'insulter, mais je puis vous punir.

ANTIGONE.

Eh bien! tu sais frapper, et moi je sais mourir.

CRÉON.

Il vous sied mal de prendre un superbe langage,
Quand une juste loi se plaint de votre outrage.

ANTIGONE.

Si la loi me disait : Laisse un mort sans tombeau,
Une loi, qui des temps précéda le berceau,
Que grava dans les cœurs la main de la nature,
M'a dit plus haut : Aux tiens donne la sépulture.
Ai-je dû révérer un édit odieux
Au mépris de ces lois qui nous viennent des Dieux?
Lorsque dans les sentiers où marche la Justice
Un tyran criminel a placé le supplice,
Pour que le citoyen à l'aspect de la mort
Se rejette en arrière et n'ose un bel effort,
L'homme à qui la vertu donne un sacré courage
Doit braver du tyran les bourreaux et la rage ;
Heureux s'il peut frapper le despote abattu
Du fer dont le cruel menaça la vertu !

CRÉON.

Et plus heureux encor s'il évite la peine.

ISMÈNE , allant pour se jeter aux pieds de Créon.

Je me jette à vos pieds.

ANTIGONE , arrêtant Ismène.

Que vas-tu faire, Ismène?

Tu pourrais de Créon embrasser les genoux !

ISMÈNE.

Ah ! souffre...

ANTIGONE.

Non, jamais.

ISMÈNE.

Quel imprudent courroux !

A Créon.

Seigneur...

ANTIGONE.

Je le veux, garde un généreux silence.

ISMÈNE.

Seigneur, voyez mes pleurs, et que votre clémence...

ANTIGONE.

Eh quoi? tu pleurerais ma glorieuse mort !
Tiens, c'est lui dont tes yeux doivent pleurer le sort.
Il vivra pour toujours d'une horrible mémoire ;
La Grèce en traits de sang gravera son histoire,
A d'éternels mépris consacrera son nom ;
Pour dire un vil despote, elle dira : Créon.
Et moi, mon souvenir, chez la race future,
Ira dans tous les cœurs attendrir la nature :
Des vertus, dira-t-on, elle eut tout le transport ;
Le plus tendre devoir lui fit chercher la mort.

CRÉON.

Qu'enfin elle trouva, s'écriera-t-on peut-être,
Madame!... Viens, Narbas : par l'ordre de ton maître
Va trouver Polytor, qu'il découvre à tes yeux
Les secrets qu'en mon songe ont renfermé les Dieux.

SCÈNE VII.

ANTIGONE , ISMÈNE.

ISMÈNE.

Par tes discours, ma sœur, tu hâtes ton supplice.

ANTIGONE.

Que m'importe? La tombe a reçu Polynice.

ISMÈNE.

Mais à quel prix, hélas!

ANTIGONE.

        Va, j'ai fait mon devoir :
De m'ôter le bonheur quel homme a le pouvoir?

ISMÈNE.

A peine ton retour avait banni ma crainte
Qu'à venir en ce lieu le tyran t'a contrainte :
Je ne sais pas comment, grace au soin le plus beau,

Mon frère peut jouir de la paix du tombeau.
Voudrais-tu m'en instruire?

ANTIGONE.

Oui, je vais te l'apprendre :
Quelque joie en ton cœur va par moi se répandre.
Après avoir fêté par des cris et des jeux
Le monarque nouveau qui va régner sur eux,
Les Thébains, las d'excès, à leur réjouissance
Avaient fait du repos succéder le silence.
Le sommeil les pressait : moi, je tournais mes pas
Vers les champs d'Agénor où les coups du trépas
A mon malheureux frère ont ravi la lumière.
L'astre qui veille aux nuits fournissait sa carrière :
Oh ! comme il m'éclairait un tableau de douleur !
J'ai vu celui que j'aime étendu sans couleur ;
J'ai vu l'herbe rougie et la plaie abhorrée
Par où la froide mort dans son flanc est entrée.
Ma voix à cet aspect maudissait tous les Dieux ;
Les pleurs du désespoir s'échappaient de mes yeux ;
J'ai tombé sur mon frère en détestant la vie ;
A ses lèvres, ma sœur, ma bouche s'est unie :
J'ai cru l'entendre alors d'un ton faible gémir,
J'ai cru sentir son cœur contre mon cœur frémir.
Il respire, ai-je dit, et la douce espérance
Est venue un instant consoler ma souffrance ;

Je doutais de sa mort ; mais non, vœux superflus !
Son sein était glacé, son cœur n'y battait plus.
Le ciel à me tromper trouvait-il donc des charmes ?

ISMÈNE.

Mon frère a le tombeau : tu dois sécher tes larmes,
Ma sœur.

ANTIGONE.

Devant son corps, trop long-temps profané ,
Avec un saint respect mon front s'est incliné.
Entre mes bras pressans sa dépouille est reçue.
Je ne l'ai point, hélas ! sans peine soutenue :
Que de fois j'ai tombé sur mon tendre fardeau ;
Que de fois, m'animant d'un courage nouveau,
De ces bras fatigués j'ai repris Polynice !
Près des champs d'Agénor sont les monts Laonice :
Pour servir de tombeau, de secourables Dieux
Avaient creusé, je pense, une grotte en ces lieux.
C'est là, qu'avec transport, j'ai déposé mon frère.
Quelques rameaux tombés, quelques éclats de pierre
Ont bientôt recouvert l'objet de mon amour.
En silence trois fois du corps j'ai fait le tour ;
Défendant à mon cœur tous les pensers profanes,
J'ai du mort saintement trois fois nommé les mânes.
De l'artiste, ai-je dit, les merveilleux ciseaux
Ne font point vivre ici le marbre de Paros ;

Mais ce tombeau, mon frère, est le prix de ma vie :
Ton corps n'a point reçu les parfums d'Assyrie ;
Mais il est tout couvert des pleurs de l'amitié.

ISMÈNE.

Dieux, faites dans Créon descendre la pitié !
Le front dans la poussière, aux vertus d'Antigone
Ne devrait-il donc pas la plus belle couronne ?

ANTIGONE.

Au lieu d'une couronne il m'apprête ses coups.
Dans notre appartement, crois-moi, retirons-nous.
Peut-être dans ce lieu la sombre tyrannie
Ecoute mes soupirs, en silence m'épie.
Ah ! pour sentir des pleurs la triste volupté,
Ma sœur, il faut du moins pleurer en liberté.

ACTE III.

SCÈNE PREMIÈRE.

HÉMON, ISMÈNE.

HÉMON.

Votre bouche, empruntant l'accent de la prière,
Me presse de fléchir les rigueurs de mon père !
D'Antigone sur moi sachez mieux le pouvoir :
La sauver, si je puis, est mon plus cher devoir.
Narbas viendra bientôt, et le roi, pour l'entendre,
Dans cet appartement, madame, doit se rendre.
Là, pour que dans Créon naisse le repentir,
Je vais, avec transport, tâcher de réunir
Tout ce que la raison peut avoir de puissance
Et tout ce que mon cœur possède d'éloquence.

ISMÈNE.

Seigneur, puisse le dieu qui donne le bonheur
Voir de vos sentimens l'héroïque grandeur !

HÉMON.

Ce dieu veut que je traîne une vie importune.

ISMÈNE.

Le sort de la vertu fut souvent l'infortune.

HÉMON.

Oui, l'homme vertueux du malheur est suivi :
Mais de celle qu'on aime être à jamais haï !
Se voir de ses mépris l'innocente victime !

ISMÈNE.

Qui vous dit que ma sœur est pour vous sans estime ?

HÉMON.

L'estime suffit-elle à mon brûlant amour ?

ISMÈNE.

Tâcher de conserver la lumière du jour
Aux yeux dont le regard s'applaudit de nous plaire ,
C'est ce que peut, seigneur, l'amant le plus vulgaire :
Mais s'exposer à tout pour ravir à la mort
L'objet que notre amour laisse sans nul transport ,
Et dont les cruautés répondent par l'outrage
Aux efforts que pour lui tente notre courage ;
Voilà bien la vertu qui découvre un grand cœur.

HÉMON.

Si j'espère du roi désarmer la fureur ,

Embrassez pour Hémon les genoux d'Antigone ;
A l'innocence enfin que son ame pardonne ;
Et mon amante aussi connaît bien la douleur :
Le malheur doit apprendre à plaindre le malheur.

ISMÈNE.

Ma sœur sait bien le plaindre.

HÉMON.

                    Et le causer, madame.

ISMÈNE.

Que les yeux d'un amant lisent mal dans son ame !

HÉMON.

Il se pourrait...! Mais non, elle doit me haïr :
Tout son front a parlé ; son front ne peut mentir.

ISMÈNE.

On ne doit pas toujours juger sur l'apparence.

HÉMON.

O ciel! je sens mon cœur renaître à l'espérance,
Et ma félicité passe celle des Dieux!
Antigone... parlez... elle a pour moi des yeux?

ISMÈNE.

Des secrets de ma sœur triste dépositaire,
Le plus saint des devoirs m'ordonnait de me taire.

HÉMON.

Madame, au nom des Dieux, découvrez-moi mon sort,

Et daignez me donner ou la vie, ou la mort.

ISMÈNE.

Non : je quitte ces lieux.

HÉMON.

Vous resterez, cruelle.

Dites...

ISMÈNE.

Adieu, seigneur.

SCÈNE II.

HÉMON, seul.

Mon destin se révèle !
Recueillons mes esprits. L'espoir et la terreur
De mille émotions font tressaillir mon cœur.
Antigone ! Antigone ! enfin elle pardonne !...
A quel crédule espoir mon esprit s'abandonne !
Son cœur de me haïr pourrait être lassé !
Ah ! malheureux Hémon, rappelle le passé,
Et compte, si tu peux, les marques de sa haine.
Je vois quelle raison faisait parler Ismène :
Elle voulait ainsi qu'une plus vive ardeur
M'entraînât à sauver sa magnanime sœur.

Pleurons : l'heureux espoir dont je goûtais les charmes
Arrache à ma douleur de bien horribles larmes !
Oh ! je souffrirais moins du plus cruel trépas...
Mais quelqu'un près d'ici fait retentir ses pas.
On entre. C'est Créon ! Dieux, parlez par ma bouche,
Et tâchez d'attendrir cette ame si farouche !

SCÈNE III.

CRÉON, HÉMON.

HÉMON.

J'ai tantôt dans votre ame appelé le courroux :
Voyez le repentir vous prier à genoux
D'oublier à jamais ma téméraire offense.

CRÉON.

De votre jeune ardeur j'excuse l'imprudence.
Un père forme en vain des projets de rigueur ;
Dès qu'il revoit son fils il sent battre son cœur.
Approchez-vous, Hémon. Ai-je votre tendresse ?

HÉMON.

Votre seul intérêt est le soin qui me presse :
Je saurai le prouver.

CRÉON.

Et quand ?

HÉMON.

Dès cet instant.

CRÉON.

Comment?

HÉMON.

En faisant voir un péril menaçant.

CRÉON.

Quel est-il?

HÉMON.

La révolte ; un peuple qui s'offense.

CRÉON.

Parlez : quoi ! des Thébains la fière impatience
Serait lasse déjà d'obéir à mes lois?

HÉMON.

La vérité, seigneur, fuit l'oreille des rois.
L'effroi, qui du monarque entoure la présence,
A sa timide voix commande le silence ;
Et de vos courtisans le servile respect
Du peuple qui s'irrite éloigne votre aspect.
Pour déplorer, seigneur, la triste destinée
De celle qu'au trépas vous avez condamnée,
Apprenez qu'en ce jour toute ame a des douleurs,
Toute voix a des cris, tous les yeux ont des pleurs.

Nos jeunes citoyens, enflammant leur visage,
De la grande Antigone exaltent le courage ;   .
Nos vieillards attendris vantent la piété
Qui lui fit d'un vieux père aimer la pauvreté ;
La jeune fille en pleurs occupe sa mémoire
A conter de ses maux la déchirante histoire.
A voir de vos sujets la tristesse et le deuil ,
On dirait que c'est eux dont s'ouvre le cercueil.
Oui, de tous les Thébains l'audacieux murmure
Accuse votre arrêt d'outrager la nature :
Antigone, dit-on, serait digne du ciel ;
Au lieu d'un échafaud qu'on lui dresse un autel.

CRÉON.

Antigone est coupable.

HÉMON.

Une tendre imprudence
N'a-t-elle pas au moins des droits à la clémence ?

CRÉON.

Un roi porte en ses mains le glaive pour punir.

HÉMON.

Mais il peut pardonner.

CRÉON.

Ce serait m'avilir.

HÉMON.

Ce serait bien plutôt vous couronner de gloire :
D'une offense, seigneur, ah ! perdez la mémoire,
Et voyez les Thébains, unissant leurs concerts,
De louanges pour vous remplir au loin les airs ;
Voyez-les, à genoux, de leur reconnaissance
Charger avec transport la céleste puissance ;
Voyez leur multitude à votre auguste aspect
Pousser des cris d'amour, s'incliner de respect :
Ils supplieront les Dieux d'abréger leurs années
Pour augmenter d'un jour vos belles destinées.

CRÉON.

Mon fils...

HÉMON.

En ce moment prouvez que je le suis.

CRÉON.

Ma pitié, croyez-moi, souffre de vos ennuis ;
Mais votre intérêt veut que ma main se rougisse.

HÉMON.

Mon père, il est des Dieux !

CRÉON.

Je brave leur justice.
D'Antigone après moi vous obtiendrez le rang.
M'entendez-vous, Hémon ?

HÉMON.

Ah ! respectez son sang
En échange du trône où Thèbes vit son père.

CRÉON.

Qu'Antigone bientôt termine sa carrière,
A ce trône pour vous il n'est plus de rival.

HÉMON.

Périssent mes honneurs et ce trône fatal,
Si je dois l'occuper teint du sang d'Antigone !

CRÉON.

Vous savez mal encor le prix d'une couronne.
Vous êtes jeune, Hémon.

HÉMON.

J'ai l'horreur du remords.
Tout ce que l'amour a de plus brûlans transports,
Vous le savez, mon père, a pénétré mon ame.
Pour Antigone, hélas ! mon cœur est tout de flamme :
Et je verrais vos mains s'enfoncer dans son flanc
Pour en faire sortir les restes de son sang !
Un amant tel que moi souffre dans son amante ;
Il existe dans elle : oui, la hache sanglante
Bien plus cruellement déchirerait mon cœur
Que le sein qu'atteindrait votre injuste rigueur.
Je tombe à vos genoux : grace, mon père, grace ;

En sauvant Antigone épargnez votre race.
Otez-moi le tourment de vous prendre en horreur.

CRÉON.

Levez-vous ; c'est assez.

HÉMON.

Abjurez la fureur.

CRÉON.

Oubliez un instant la cause d'une femme :
Il vous faut rappeler la raison dans votre ame.
Celle qui me poursuit d'un dangereux courroux,
Si vous m'aimez encor, n'est pas digne de vous.
Antigone à vos feux sera bientôt ravie.

HÉMON.

Oh ! non.

CRÉON.

C'est résolu.

HÉMON.

Je la verrai sans vie.

CRÉON.

Dès ce jour.

HÉMON.

Dès ce jour je verrai donc la mort.
Lorsque celle que j'aime aura fini son sort,

Mes pas iront trouver sa dépouille sacrée ;
Dans sa main se mettra ma main désespérée ;
Sur son cœur quelque temps palpitera mon cœur,
Et le fer viendra mettre un terme à ma douleur :
Trop heureux si, du ciel apaisant la colère,
Tout mon sang expiait le forfait de mon père !

SCÈNE IV.

CRÉON, seul.

Quel obstacle imprévu s'oppose à mon dessein !
Contre lui-même Hémon pourrait armer sa main.
Ah ! je suis père encor : mon amour l'environne.
Hémon est un appui qui soutient ma couronne.
Un roi vieux, sans enfans, à qui hait son pouvoir
Est bien sûr de donner un dangereux espoir :
Qu'un monarque ait un fils, de la superbe audace
L'humble soumission prend aussitôt la place.

SCÈNE V.

NARBAS, CRÉON.

NARBAS.

Non loin de cette ville à vos ordres rendu,
J'ai trouvé Polytor.

CRÉON.

Que t'a-t-il répondu?

Je t'écoute, Narbas.

NARBAS.

Ma fidèle mémoire,

Seigneur, de votre songe a raconté l'histoire.

J'ai prié Polytor d'expliquer l'avenir

Qu'en ce songe les Dieux lui laissaient découvrir.

« Pour que d'en-haut me vienne, a-t-il dit, la lumière,

« Je vais pousser au ciel une ardente prière ;

« Des victimes ma main va répandre le sang ;

« L'avenir dévoilé s'écrira dans leur flanc :

« Reviens ici bientôt. » Il a dit, et sa bouche

A gardé quelque temps un silence farouche ;

Une grande colère a brillé dans ses yeux.

Puis soudain : « Si Créon n'est pas roi vertueux,

« Qu'il sache que bientôt la céleste puissance

« Lui redemandera le sang de l'innocence. »

CRÉON.

Il a donc dit ces mots?

A part.

Quel trouble en mes esprits...

Haut.

Tu vas aller vers lui : plus tard il t'a promis

Que mon songe à ses yeux s'offrirait sans mystère.

NARBAS.

J'éprouve de l'effroi : je ne puis vous le taire.
De Polytor, seigneur, les regards furieux
Semblaient vous annoncer le sort le plus affreux,
Si par vous Antigone...

CRÉON , troublé.

Il est vrai ; son audace
Prétendait m'effrayer d'une vaine menace.

SCÈNE VI.

IDAMANTE , CRÉON , NARBAS.

IDAMANTE.

De la sédition l'orage foudroyant
Sur vos états, seigneur, déjà plane en grondant.

NARBAS.

Grands Dieux !

CRÉON.

Que dites-vous?

IDAMANTE.

Un récit trop fidèle
D'Antigone en péril répandant la nouvelle,
Est allé dans les cœurs remuer la pitié.

Tous ceux qui contre vous brûlent d'inimitié ;
Sous le règne dernier, tous ceux que la puissance
Naguères entourait d'honneurs et d'opulence ;
Et ces grands, dont l'esprit bassement orgueilleux
S'irrite de vous voir si loin au-dessus d'eux,
Ont couvert leur dessein d'un voile d'artifice :
Ils vous ont accusé de crime et d'injustice :
A leur perfide voix, au fond de tous les cœurs,
Ont couvé quelque temps la haine et les fureurs.
Thèbe entière, seigneur, s'est bientôt ébranlée ;
En des groupes nombreux elle s'est rassemblée :
Les esprits sont émus ; déjà dans tous les lieux
On entend retentir des cris séditieux.
J'ai vu des citoyens même aiguiser leurs armes,
Et dire avec transport que, du sein des alarmes,
Quelqu'un remonterait dans le suprême rang.
Je viens vous consulter : que voulez-vous ?

CRÉON.

Du sang.

Faites régner l'effroi : que d'un cri téméraire
La mort soit en ce jour l'infaillible salaire.
Que du fer, s'il le faut, le terrible pouvoir
Fasse à tous les Thébains respecter le devoir.
Faites parcourir Thèbe à ma garde fidèle :
Si quelqu'un d'Antigone embrasse la querelle,
Que le glaive à l'instant se plonge dans son cœur.

SCÈNE VII.

CRÉON, NARBAS. .

NARBAS.

Du danger, je le crois, vous sortirez vainqueur.
Mais quels flots d'ennemis le trépas d'Antigone
Va soulever, seigneur, contre votre saint trône !
Long-temps pour l'avenir je vois les factions
Exalter des Thébains les fières passions.
Ah ! votre sûreté vous défend la vengeance,
Pour la fille d'OEdipe exige la clémence.

CRÉON.

Fais-moi venir Hémon.

SCÈNE VIII.

CRÉON, seul.

Quel était mon plaisir
Qu'Antigone à mes lois eût pu désobéir !
C'en est donc fait, disais-je; à ma fière ennemie
Le fer de la justice arrachera la vie :
La haine de sa mort va s'éloigner de moi ;
Elle aura succombé sous les coups de la loi.

Mais non : espoir trompé ! l'appareil du supplice
De son crime a rendu tout citoyen complice.
Ah ! roi d'un jour , le temps ne m'a point consacré :
Mon trône est sur sa base encor mal assuré.
D'Antigone il me faut désarmer la colère :
Qu'elle consente enfin à m'appeler son père;
Ou , ne consultant plus que mon prudent courroux ,
Loin de les arrêter , je vais hâter mes coups.

SCÈNE IX.

HÉMON , CRÉON , NARBAS.

HÉMON.

Croirai-je un doux espoir....

CRÉON.

            Oui , l'heureuse Antigone
Va m'entendre bientôt dire : « Je vous pardonne. »

HÉMON.

J'en étais assuré. Ce barbare dessein
Ne pouvait pas long-temps rester dans votre sein.
Une seconde fois vous me donnez la vie.
Mon ame pour toujours est à la vôtre unie :
Vos vœux seront les miens.

CRÉON.

> Mon fils, à ce pardon
J'attache cependant une condition.

HÉMON.

Ah ! je l'accomplirai : pour sauver une amante,
La mort même, seigneur, me deviendrait charmante.

CRÉON.

Cette condition ne dépend pas de vous.

HÉMON.

Hélas !

CRÉON.

> Mais d'Antigone : en vous nommant époux,
Elle force ma bouche à prononcer sa grace ;
Si son orgueil rougit de s'unir à ma race,
A la rigueur des lois j'abandonne son sort.

HÉMON.

Vouloir de son courroux maîtriser le transport !
Son ame se révolte à la seule menace.

CRÉON.

De me blâmer toujours d'où vous vient cette audace ?
Préparez-vous bientôt à marcher sur mes pas :
Nous lui proposerons l'hymen ou le trépas.

HÉMON, s'en allant.

Que je suis malheureux !

CRÉON, à Narbas.

Montre encore ton zèle :
De mon songe expliqué cours savoir la nouvelle.
Aux Thébains révoltés je vais me découvrir,
Et faire voir partout un bras prompt à punir.

ACTE IV.

SCÈNE PREMIÈRE.

ANTIGONE, seule.

Loin du joug odieux que le despote apprête
Thèbes en ce moment veut rejeter sa tête.
De la sédition le tumulte et les cris
Viennent de quelque espoir consoler mes esprits :
Du palais à grands pas je cours franchir la porte,
Lorsque de mes gardiens la farouche cohorte,
Appuyant tout à coup vingt glaives sur mon sein,
M'empêche d'accomplir mon courageux dessein.
Eh bien ! si je ne puis, grands Dieux, par ma présence
Réchauffer des Thébains la trop froide vengeance,
Je me remets sur vous de ma protection :
Ma cause est maintenant entre vous et Créon !

SCÈNE II.

ISMÈNE, ANTIGONE.

ANTIGONE.

Ta vie en ce palais, ma sœur, n'est point captive ;
On ne redoute rien de ton ame craintive ;
On est pour toi sans yeux : tes pas en liberté
Ont parcouru sans doute un peuple révolté.
Parle : notre tyran est-il tombé du trône ?

ISMÈNE.

Non : le ciel en ce jour du succès le couronne.
A l'aspect de Créon tout ce peuple abattu
A caché dans son cœur sa timide vertu :
Devant ce fier despote, affamé de vengeance,
La crainte dans nos murs se prosterne en silence.
Nos pâles citoyens forment pour toi des vœux :
Ils laissent ton salut à la garde des Dieux.

ANTIGONE.

Peuple dégénéré ! pour glacer ton courage ,
Il suffit qu'un tyran découvre son visage !

ISMÈNE.

Je ne vois plus que toi pour changer ton destin.

ANTIGONE.

Moi ?

ISMÈNE.

Créon pour son fils a désiré ta main,
Si tu voulais, ma sœur, l'unir à sa famille,
Ses coups peut-être en toi respecteraient sa fille.

ANTIGONE.

Ismène, quel conseil ! la crainte du trépas
Dans les sentiers du crime égarerait mes pas !
En épousant Hémon, la coupable Antigone
Sur le front du tyran fixerait la couronne ;
De celui dont mon cœur abhorre jusqu'au nom
Je pourrais consacrer l'indigne ambition ;
Je couvrirais ses droits d'une ombre de justice,
Et deviendrais ainsi la honteuse complice
Des forfaits dont Créon effraiera les humains,
Des meurtres où bientôt se plongeront ses mains !
Œdipe, j'ai bien mal dégagé ma promesse :
Pour le fils du tyran ma parjure faiblesse...
Dans le sein de la mort, je trouble ton repos,
Mon père ; sans rougir tu ne peux voir mes maux.
Mais pardonne mes feux : ils sont involontaires.
Oui, j'en jure par toi, par mes larmes sincères,
Du trépas ou d'Hémon s'il me fallait choisir,
Tu me reconnaîtrais en me voyant mourir.

ISMÈNE.

Eh bien! pour ton salut je n'ai plus d'espérance.

ANTIGONE.

Et moi j'espère un terme à ma longue souffrance:
La tombe est le repos.

ISMÈNE.

Qu'oses-tu prononcer?

Mais Créon et son fils!

ANTIGONE.

Que vont-ils m'annoncer?

SCÈNE III.

CRÉON, HÉMON, ANTIGONE, ISMÈNE.

CRÉON.

Bannissez vos terreurs: à pardonner l'outrage
Je suis ici venu contraindre mon courage.
Des lois que je portai j'ai fléchi la rigueur,
Heureux de vous prouver en ce jour que mon cœur
Laisse par la pitié désarmer sa vengeance,
Et qu'il laisse à des pleurs attendrir sa clémence.
Je vous donne la vie: à présent votre ami,
Madame, je ne puis vous servir à demi.

De marcher reine un jour embrassez l'espérance ;
Qu'Hémon à vos destins joigne son existence.
L'offre d'un tel hymen n'est point à rejeter ;
Rejeter un bienfait fut toujours insulter :
Votre grace à l'instant se verrait révoquée ;
Et par votre refus ma fureur provoquée
Permettrait à la loi de vous frapper de mort.
Parlez : entre vos mains je remets votre sort.

ANTIGONE.

Prépare l'échafaud.

CRÉON.

      Sans que le front pâlisse
On ne peut guère voir l'appareil du supplice.

ANTIGONE.

Mais je suis Antigone.

CRÉON.

      Au moins de votre sang
Graces à vos refus je me vois innocent.

ANTIGONE.

Il criera contre toi.

CRÉON.

      Je l'avouerai, madame ;
Je savais mal encor tout l'orgueil de votre ame.
Vous prenez pour vertu le désir du trépas.

ANTIGONE.

Tu veux juger mon ame et ne la comprends pas.
Sache que la vertu parle un sacré langage
Que n'entendit jamais le tyran sans courage.

CRÉON.

Madame, c'en est fait!...

ISMÈNE.

                    Ah! seigneur, arrêtez :
Contenez un moment vos esprits irrités.
Pourquoi donc, ô ma sœur! un discours si farouche
Vient-il en cet instant se placer dans ta bouche?
Pourquoi donc de Créon excitant le courroux,
Loin de les conjurer appelles-tu ses coups?
A l'horreur des tourmens si tu portes envie,
Mes destins, ceux d'Hémon sont liés à ta vie;
On ne peut de tes jours éteindre le flambeau
Sans nous précipiter dans la nuit du tombeau;
Ton supplice, ma sœur, au supplice nous livre :
Une sœur, un amant te demandent à vivre.
Cruelle, de quel droit ton coupable transport
Pourrait-il prononcer l'arrêt de notre mort?

ANTIGONE , attendrie.

Ismène!

HÉMON.

En vous disant que cette main fumante

Va joindre mon trépas à celui d'une amante,
On ne saurait, madame, ébranler votre cœur :
Que vous importe, hélas ! ma joie ou ma douleur ?
Mais permettez au moins qu'une odieuse race
Se jette à vos genoux, vous demande une grace :
Encor quelques instans, et nous allons mourir ;
Jusque dans les enfers pourrez-vous me haïr ?
Abjurez votre haine en cet instant suprême :
Un pied dans le tombeau, dites non pas : Je t'aime ;
Mais dites : Tu n'es plus un objet abhorré.

ANTIGONE, troublée.

De Créon dans mon cœur je vous ai séparé,
Prince trop vertueux ; le ciel en sa colère
Devait-il vous donner un si coupable père ?
Accusez de vos maux les destins ennemis.

ISMÈNE.

N'en accuse que toi.

ANTIGONE.

M'était-il donc permis
De couronner d'Hémon la flamme illégitime ?

ISMÈNE.

Bien plus ; tu le devais : dis-moi, peut-on sans crime
D'ennuis toujours nouveaux accabler la vertu ?
Ce crime fut le tien.

ANTIGONE.

Il aurait donc fallu...

ISMÈNE.

Le ciel t'inspire : achève.

ANTIGONE.

Eh bien! je veux...

ISMÈNE.

La vie.

ANTIGONE.

La mort! la mort!

ISMÈNE.

Ma sœur...

HÉMON.

De vous-même ennemie...

ANTIGONE.

Vous vous réunissez pour attaquer mon cœur.
Avez-vous conjuré, cruels, mon déshonneur?

CRÉON.

Puisqu'on ne peut, madame, étonner votre audace,
Je vais justifier la foi de ma menace.

ANTIGONE.

Fuis, dérobe à l'instant ton aspect à mes yeux.

Tu venais pour flairer ta victime en ces lieux :
Eh bien ! sors tout chargé des vœux de sa colère.
Puisse des Immortels la vengeance sévère
Enchaîner pour Créon les malheurs aux malheurs,
Faire sur lui l'essai de nouvelles douleurs :
Puisse le désespoir, puisse l'ignominie
Consumer lentement sa criminelle vie,
Et lui faire à longs traits savourer le trépas :
Que son corps des vautours soit le digne repas !
Et vous, dieux du Tartare, ô fières Euménides,
Faites dresser pour lui vos couleuvres livides :
Quand d'un monstre le ciel délivrant l'univers
Aura livré Créon à l'horreur des enfers,
Calculez vos tourmens au nombre de ses crimes;
Qu'il cuve en vos cachots le sang de ses victimes !
Du mortel qui descend sur les bords ténébreux
Les malédictions montent jusques aux cieux,
Et du grand Jupiter sont toujours écoutées :
Je vois briller la foudre en ses mains irritées;
Son redoutable bras s'étend pour te saisir :
Misérable ! frémis; ton sort va s'accomplir !

CRÉON.

Le vôtre avant le mien !

HÉMON.

    Quelle horrible pensée

Renfermez-vous, seigneur, dans votre ame offensée!
Vous verrez votre fils attaché sur vos pas,
Vous faire révoquer cet injuste trépas.

SCÈNE IV.

ANTIGONE, ISMÈNE.

ISMÈNE.

Devant Créon, ma sœur, quel était ton langage!

ANTIGONE.

Celui que la vertu fait tenir au courage.

ISMÈNE.

Tu mettais le poignard dans le cœur d'un amant.

ANTIGONE.

Quel coup tu m'as porté! n'aigris pas mon tourment:
D'Hémon et des douleurs peintes sur son visage
Écarte loin de moi la déchirante image.
N'ai-je donc pas besoin de toute ma vertu?
N'as-tu pas vu l'amour dans ce cœur combattu
Balancer un instant et ma haine et mon père?
Ton œil mesure-t-il ma profonde misère?
Conçois-tu quel orage a grondé dans mon sein,
Quand d'un prince adoré j'ai repoussé la main,
Aimant mieux expirer d'un horrible supplice?

Dieux cruels, envers moi quelle est votre injustice!...
Qu'ai-je dit? Pardonnez : contre vous ma douleur
Ne se permettra plus un cri murmurateur.
Vous m'avez fait sans doute un destin de souffrance
Pour voir où d'un mortel peut aller la constance :
Si la vertu luttant avec l'adversité
Mérite les regards de la Divinité,
Voyez du haut des cieux ma lutte glorieuse ;
Que j'en puisse par vous sortir victorieuse!

SCÈNE V.

IDAMANTE, gardes, ANTIGONE, ISMÈNE.

ISMÈNE.

Que vois-je! je me meurs.

ANTIGONE.

Commande à ton effroi :
Sois ma sœur : je péris, mais je tremblerais! moi!

IDAMANTE.

Des rigueurs de Créon infortunés ministres,
Nous venons accomplir des ordres bien sinistres.
Croyez...

ANTIGONE.

Je vous entends ; je marche sur vos pas.

ISMÈNE.

On vient donc t'entraîner au lieu de ton trépas !
Tu n'auras qu'un tombeau pour couche nuptiale !
Un tyran de ta mort sonne l'heure fatale !
Je vois, je vois Créon, le plaisir dans le sein,
Des plus cruels bourreaux encourager la main ;
Et les convulsions de ma sœur expirante
Vont bientôt assouvir sa rage triomphante !
Grands Dieux, il en est temps, armez votre courroux !
Et sauvez la vertu des plus injustes coups :
Mais de votre pouvoir quel secours puis-je attendre,
Quand de la piété le devoir le plus tendre
Fait monter Antigone au faîte des malheurs !

ANTIGONE.

Quoi ! tu pleures mon sort ! tu me devais des pleurs
Quand j'étais en ces lieux condamnée à la vie ;
Chaque jour m'apportait un jour d'ignominie :
Par la mort aujourd'hui mes douleurs vont finir ;
Si ton cœur me chérit il doit se réjouir.

ISMÈNE.

Me réjouir ! ô ciel ! quelle est m'a destinée !
Pourrai-je vivre seule, aux ennuis enchaînée ?
Dis-moi...

ANTIGONE.

N'achève pas : ah ! tu m'as fait frémir.
De tes maux en silence il te faudra gémir ;
Les hommes seront sourds à ta douleur profonde ;

Ton cœur sera privé d'un cœur qui lui réponde.
Je ne t'aiderai plus à porter ton fardeau :
Voilà le seul ennui que j'emporte au tombeau.
De tous les tiens, hélas ! surpassant la misère,
Tu vivras sans appui, tu mourras la dernière !
De ces tristes pensers pourquoi m'envelopper ?
Les Dieux doivent enfin se lasser de frapper :
Ils pourront t'accorder quelques jours sans orage.
Console-toi, ma sœur, affermis ton courage :
De mon trépas au ciel j'offrirai les douleurs,
Pour qu'il cesse sur toi d'assembler les malheurs.
D'un cœur comme le tien on n'est point effacée,
Et je serai toujours présente à ta pensée ;
Mais reçois ce collier que je vais détacher,
De tes lèvres parfois tu pourras l'approcher,
Et croiras voir encor cette triste princesse
Qui brûlait pour les siens d'une vive tendresse.
Quand l'urne aura reçu les cendres de ta sœur,
De Créon, dans la nuit, évitant la fureur,
Tâche à la déposer près des monts Laonice.
Dans cette grotte où dort mon frère Polynice.
Si tu vois mon amant, tu lui révéleras...
Pour la dernière fois, ma sœur, tends-moi les bras.
Nous allons commencer une bien longue absence.
Adieu.

ISMÈNE.

Ma sœur !

SCÈNE VI.

HÉMON, IDAMANTE, GARDES, ANTIGONE,
ISMÈNE.

HÉMON, apercevant les gardes.

Cruels, fuyez de ma présence,
Ou craignez ma fureur.

ANTIGONE, dans les bras d'Ismène.

J'entends la voix d'Hémon.

ISMÈNE.

Auriez-vous de ma sœur obtenu le pardon?
Mais non : je vois vos pleurs.

HÉMON.

Il est trop vrai : mon père
Oppose à mes discours des discours de colère.
Que votre désespoir, par un dernier effort,
Ressaisisse la vie à l'aspect de la mort.
Il est temps...

ANTIGONE.

Qu'aux bourreaux on amène leur proie!
Partons.

HÉMON.

Vous triomphez d'une barbare joie,

Cruelle, vous savez que de votre tourment
Vous ferez plus que vous expirer votre amant.
Mais encor quelque temps vous verrez la lumière,
Lorsque déjà la mort fermera ma paupière.
Le trépas est sans crainte à qui sait le braver :
C'est vous, dans les enfers, qui viendrez me trouver.

ANTIGONE.

Vous ne sortirez pas.

HÉMON.

Quoi ! votre ordre m'arrête !

ANTIGONE.

En respectant vos jours, laissez tomber ma tête.

HÉMON.

Non, non : vous voudriez, mais en vain, que mes yeux
Vissent de votre mort le spectacle odieux :
Vous voulez m'accabler du fardeau de ma vie ;
Votre haine, en cela, ne sera point servie.

ANTIGONE.

Moi ! je vous hais ! Hémon !

HÉMON.

Quel son de voix ! quels yeux !
J'ai cru dans son regard voir s'entr'ouvrir les cieux.
Tandis que vous parliez... Serait-il vrai, madame...
Sur votre front, je crois, se répandait votre ame !

ANTIGONE.

Ismène, qu'ai-je dit? aurait-il vu mon cœur?

HÉMON.

Ah! je le vois.

ANTIGONE.

Eh bien! vous en êtes vainqueur!
Des flammes de l'amour tout mon sein se consume,
Et cet amour c'est vous dont la vertu l'allume.
Lorsque de mes discours le superbe mépris
De vos timides vœux semblait être le prix,
Ma bouche par mon cœur était bien démentie!
Ah! croyez que souvent à ma vertu trahie
L'aveu d'un doux retour fut tout prêt d'échapper.
Aujourd'hui que Créon s'apprête à me frapper,
Pour la première fois, en cet instant suprême,
Apprenez-le, seigneur : Antigone vous aime!

HÉMON.

Je doute si je veille : eh quoi! je suis aimé!

ANTIGONE.

Vous l'avez dit.

HÉMON.

O ciel! donne à mon cœur charmé
Pour sentir son bonheur une force nouvelle.
Quand la fureur d'un père au trépas vous appelle,

Vous avez prononcé les aveux de l'amour !
Grands Dieux! quel jour d'horreur se change en un beau jour!
Pourquoi tarder? Allons ; qu'un heureux hyménée
A vous , dès aujourd'hui, joigne ma destinée.
Gardes, courez , volez : annoncez à Créon
Que de mon cœur enfin elle reçoit le don ,
Que devant son amante Hémon a trouvé grace ,
Que la mort à l'hymen va bientôt faire place.

ANTIGONE.

Aux gardes.   A Hémon.

Arrêtez... Vous aimer, vous refuser sa main ,
D'Antigone à jamais tel sera le destin.

HÉMON.

Quels discours opposés! Je cherche à les entendre.

ANTIGONE.

Je ne saurais m'unir à l'amant le plus tendre.

HÉMON.

Non, vous ne m'aimez pas : je distingue vos coups :
Votre bouche disait que je régnais sur vous ,
Pour que mon triste cœur, s'ouvrant à l'espérance ,
S'y refermât ensuite avec plus de souffrance.
Cruelle , avec quel art vous savez me haïr!

ANTIGONE.

Je possède un seul art, celui de vous chérir.

Savez-vous qu'enchaîné par un devoir austère
Mon cœur jusqu'à la mort devait même se taire ?
Savez-vous bien, Hémon, que mon père expirant
De ma haine pour vous a reçu le serment ?
Au sacrilége hymen qui joindrait nos deux vies
Je croirais voir briller le flambeau des furies ;
Ma bouche en vous jurant des promesses d'amour,
A mes yeux éperdus ferait pâlir le jour ;
Je verrais, je le crois, l'ombre de mon vieux père
M'apparaître en lançant des regards de colère ;
Sur ma tête parjure il étendrait les mains,
Et j'entendrais sa voix maudire mes destins.
Plutôt vingt fois mourir ! Hémon, séchez vos larmes ;
Ce dernier de mes jours n'est pas encor sans charmes :
D'un secret accablant mon cœur s'est déchargé,
Il est doux d'avouer un amour partagé.

HÉMON.

O ciel, que ta pitié m'arrache la lumière !
Pour le cœur d'un mortel, ah ! c'est trop de misère.
Ce n'était point assez qu'un père furieux
D'un sacrilége fer vous frappât à mes yeux :
Il me fallait vous perdre alors que dans votre ame
Je voyais de l'amour briller la vive flamme.
O rage ! ô désespoir !

ANTIGONE.

Dérobez-moi vos pleurs.

Ils vont cruellement couler sur mes douleurs.
Je vous demande, Hémon, une grace dernière.
Quand la mort à jamais fermera ma paupière,
Vivez, je vous supplie, et que ma triste sœur
Puisse dans mon amant trouver un protecteur...
Il faut nous séparer.

> Antigone se tourne vers les gardes : Hémon se jette entre elle et les
> gardes.

HÉMON.

Que mon père frémisse :
Je vous empêcherai de marcher au supplice.
Je le jure ! Créon, pour aller jusqu'à vous,
Au travers de mon cœur fera passer ses coups.

ANTIGONE.

La douleur vous égare. Hélas ! seul et sans armes
Pour défendre mes jours vous n'avez que des larmes.
A quoi me serviraient vos impuissans efforts ?
A me faire sentir l'horreur de mille morts.

HÉMON.

Soldats, au nom des Dieux, laissez-moi mon amante.
Quel crime fut le sien ? elle est pure, innocente...
Sortez.

IDAMANTE.

L'ordre du roi retient ici nos pas.

HÉMON.

Eh bien ! osez, cruels, l'arracher de mes bras.

Hémon fait un mouvement pour se précipiter vers Antigone: Antigone
s'élance au milieu des gardes : les gardes empêchent Hémon de pas-
ser jusqu'à Antigone.

ANTIGONE , au milieu des gardes.

Prince, adieu pour toujours.

ISMÈNE , suivant Antigone.

Ma sœur, je veux te suivre :
Il est donc vrai, bientôt tu vas cesser de vivre.

SCÈNE VII.

HÉMON , seul.

Antigone ! soldats !... ils ne m'entendent plus.
Mes soins pour la sauver ont été superflus...
Toute espérance encore est-elle évanouie ?
Thèbes qui s'agitait s'est bientôt endormie :
Il faut la réveiller ! que ce peuple abattu
Se relève plus fier pour sauver la vertu !

ACTE V.

SCÈNE PREMIÈRE.

CRÉON, seul.

Hémon, qui l'aurait dit, a soufflé dans les ames
De la sédition les dangereuses flammes :
Mais je l'ai fait saisir ; il est dans ce palais.
Ah ! si contre Antigone il arrête mes traits,
C'est pour bien peu d'instans : oui, bientôt cette ville
Se tiendra de mes coups spectatrice immobile.
Mes gardes sont partout : l'appareil du pouvoir
Par l'effroi de la mort l'enchaîne à son devoir.
Je ne sais toutefois quelle terreur me presse...

SCÈNE II.

NARBAS, CRÉON.

CRÉON.

Je te revois, Narbas... quelle sombre tristesse
Répand sur tous tes traits la pâleur du trépas?
Que t'a dit Polytor?

NARBAS.

Ne m'interrogez pas.

CRÉON.

Que t'a-t-il annoncé?

NARBAS.

La colère céleste.

CRÉON.

Quel en sera l'objet?

NARBAS.

Vous.

CRÉON.

Moi? quel sort funeste
Pourrait...? mais c'en est trop : Narbas, explique-toi.

NARBAS.

Vous le voulez, seigneur !

CRÉON.

Obéis à ton roi.

NARBAS.

J'ai trouvé Polytor teint du sang des victimes.
Destin, s'écriait-il, ouvre-moi tes abîmes;
Que mon esprit brûlant d'un sublime transport
Aille jusqu'aux enfers interroger le sort.
Il dit; et l'avenir se presse dans son ame,
Dans ses yeux en fureur on voit briller la flamme.
Ses membres sont raidis, son front est renversé,
Et son sein plein d'un dieu se soulève oppressé.
Des fureurs cependant le calme a pris la place;
Polytor rayonnait d'une céleste audace,
Sa taille était des Dieux qu'on voit sur nos autels,
Sa voix avait des sons que n'ont point les mortels.
Quel est ce criminel dont la vie est errante,
Dont les yeux sont creusés par la faim dévorante?
S'écriait-il; partout il rencontre l'affront;
Un sceau réprobateur est empreint sur son front;
L'enfer est dans son cœur; toutes les Euménides
L'ont déjà couronné de leurs serpens livides.
Je reconnais ses traits: oui, c'est lui, c'est Créon.
Qu'as-tu fait malheureux? Quand ton ambition
Dirigeait le poignard au cœur de ta victime,
Ignorais-tu quels maux t'amassait ce grand crime,

Et qu'il est dans le sang une terrible voix
Qui va jusques au ciel crier contre les rois?
Il fallait pour toujours défendre à ta furie
D'attenter sur les jours d'une noble ennemie,
Et tu tiendrais encor le sceptre des Thébains,
Et ton fils malheureux, tournant sur lui ses mains,
N'aurait point à jamais contre un coupable père
Des Dieux de la vengeance allumé la colère.

CRÉON.

L'imposteur! pour couvrir ses projets factieux,
Il ose par sa voix faire mentir les Dieux.

NARBAS.

Il n'est point imposteur. Par d'horribles miracles
Le ciel m'a confirmé la foi de ses oracles.
J'en ai pâli, seigneur : dans les lieux d'alentour
Les ombres de la nuit ont remplacé le jour;
Des foudres à coups sourds grondaient dans les ténèbres :
L'enfer y répondait par des accens funèbres;
La terre par trois fois sous mes pas a tremblé;
Trois fois en pâlissant des éclairs ont brillé.

CRÉON.

Nous verrons si le ciel, armé de sa justice,
D'Antigone sur moi vengera le supplice.

NARBAS.

Sans reculer d'horreur voyez quel avenir...

CRÉON.

Le sort en est jeté : Créon saura souffrir.

NARBAS.

Je n'ai plus à parler : la tête détournée,
Vous courez vous saisir de votre destinée.
Polytor rend toujours des oracles certains ;
Il déroule à nos yeux le livre des destins :
OEdipe, comme vous, portait cette couronne ;
Son père, comme vous, s'asseyait sur ce trône ;
A tous deux Polytor annonça les douleurs,
Et le ciel aussitôt les chargea de malheurs.
On vous verra traînant une vie importune
Montrer le plus grand coup qu'ait frappé la fortune.

CRÉON, après une longue pause.

Comment faut-il agir? je m'en rapporte à toi.

NARBAS.

Dérobez Antigone aux rigueurs de la loi.

CRÉON.

Suspend, puisqu'il le faut, son trépas qui s'apprête.

NARBAS, faisant un mouvement pour sortir.

Ah ! j'y vole, seigneur.

CRÉON, retenant Narbas.

Mais non : Narbas, arrête.

NARBAS.

Quoi?

CRÉON.

Je ne puis ainsi révoquer mon arrêt.

NARBAS.

N'écoutez les conseils que de votre intérêt.

CRÉON.

Tu le dis; l'intérêt conseille à ma prudence
D'ôter aux factions l'espoir de la clémence.
Un roi qu'en ses projets on voit toujours changer
Caresse la révolte, invite à l'outrager.

NARBAS.

Loin que votre clémence enhardisse l'audace,
Les Thébains de vos pas vont adorer la trace.
Domptez votre courroux.

CRÉON.

                        Qu'il est dur de plier!
Par les foudres du ciel mieux vaut se voir briser.

NARBAS.

Tandis qu'à nul conseil votre ame ne s'arrête,
Peut-être qu'Antigone aux bourreaux tend la tête!
Que savez-vous, seigneur? encor quelques instans,
Et de lui pardonner il ne sera plus temps.

Souvent les Immortels , dans leur impatience ,
Vers un homme à grands pas font marcher la vengeance.

CRÉON , réfléchissant.

C'en est fait , mon esprit ne délibère plus :
Tes raisons ont fixé mes vœux irrésolus...

NARBAS.

Eh bien ?

CRÉON.

Tu vas courir...

NARBAS.

Délivrer Antigone?

CRÉON.

Quoi! la nécessité veut donc que je pardonne?

NARBAS.

Seigneur !

CRÉON.

Va l'annoncer, je révoque ma loi :
Mais tu lis dans mon cœur que c'est bien malgré moi.

SCÈNE III.

CRÉON, seul.

Ciel! tu l'as emporté! le bruit de ta vengeance
A rompu tous les traits qu'aiguisait ma prudence.
Ma victime était prête, et de ce bras vainqueur
Je tenais le couteau qui frapperait son cœur;
Mais tu m'as envié ma déplorable joie;
A mes avides mains tu ravis une proie.
Antigone! en ce jour il faut donc la sauver!
De quel superbe front elle va me braver!
Nimporte, un dieu parlait; en accablant sa tête,
De tous les maux sur moi j'assemblais la tempête.
Ma clémence dissipe une nuit de douleurs...
Si le ciel cependant me vouait aux malheurs;
Si des feux de la foudre il éclairait l'abîme
Pour qu'avec plus d'horreur y tombât sa victime!...

SCÈNE IV.

NARBAS, CRÉON.

NARBAS.

Ah! seigneur!

CRÉON.

Quelle horreur a passé dans ton sein!
Viens-tu m'épouvanter?

NARBAS.

Pleurez votre destin.

CRÉON.

Dieux !

NARBAS.

Antigone...

CRÉON.

Eh bien ! explique-toi : j'ignore...
Antigone n'est plus ?

NARBAS.

Elle respire encore ;
Mais peut-être elle va bientôt avoir vécu.
Tout le peuple Thébain, par la crainte vaincu,
Laissait vers l'échafaud un trop large passage.
Ismène sans chaleur, la mort sur le visage,
Trop faible pour porter son fardeau de douleur,
Etait évanouie aux genoux de sa sœur.
Le signal se donnait : au milieu des cohortes
Du palais Antigone allait franchir les portes ;
Quand se précipiter sur un soldat troublé
Et se saisir du fer dont sa main a brillé,
Et s'en frapper soudain avec un fier courage,
De l'instant le plus court est pour elle l'ouvrage :
Mais le glaive conduit par un bras égaré
N'a porté dans son flanc qu'un coup mal assuré.

Soudain elle a tombé de sang toute fumante ;
On s'écrie, on accourt, une main bienfaisante
De voiles déchirés enveloppe son flanc,
Et retient dans son sein et la vie et le sang.
Vous la verrez bientôt.

CRÉON.

Sa mort sera mon crime !
Fuyons : je ne puis voir expirer ma victime.

NARBAS.

La voici!

CRÉON.

Quel aspect! Pour venger son trépas,
Ne vois-tu point, ami, s'agiter sur ses pas
Tout ce que les enfers renferment de Furies?
Leurs doigts ensanglantés comptent mes barbaries.

NARBAS.

Ecartez ce fantôme.

SCÈNE V.

ANTIGONE, portée par deux gardes qui, après l'avoir placée dans
un fauteuil, se retirent, NARBAS, CRÉON.

ANTIGONE.

Où suis-je? dans quels lieux!
Le voile du trépas s'épaissit sur mes yeux.

Hémon, êtes-vous là? Votre douce présence
De mon horrible mort calmera la souffrance.

CRÉON.

Mon fils règne en son cœur?

NARBAS.

Ah ! je cours le chercher.

CRÉON.

De ce spectacle Hémon ne doit point approcher.

NARBAS.

Adoucissez sa mort ; que la pitié vous touche.

CRÉON.

Tu me laisserais seul ! dans cette ame farouche
Antigone mourante a jeté la terreur.

NARBAS, s'en allant.

Je reviens à l'instant.

SCÈNE VI.

ANTIGONE, CRÉON.

CRÉON.

Narbas, c'est trop d'ardeur...

Les yeux fixés sur Antigone.

Antigone, au tombeau Créon te précipite !

Tout son corps se raidit! Dieux! comme elle s'agite!
Il semble qu'elle veut d'une impuissante main
Ecarter un fardeau qui pèse sur son sein.
C'est peut-être la mort qui s'attache à sa proie,
Et qui pour l'étouffer sur elle se déploie...
Le marbre s'est rougi!... le voile ensanglanté
Des blessures qu'il couvre, hélas! s'est écarté!
Courons le replacer.

ANTIGONE.

                    Quelle est la main amie
Qui tâche à conserver les restes de ma vie?
Ouvrant les yeux.
Mais que vois-je? Mes yeux ne s'abusent-ils pas?
Est-ce bien lui? Créon! l'auteur de mon trépas!

CRÉON.

Modérez ce transport : madame, c'est lui-même.

ANTIGONE.

Tigre, que viens-tu faire en ce moment suprême?
Tu venais de plus près entendre mes soupirs :
Ton ame d'un tyran savourait les plaisirs.
Que dis-je? Impatient de voir mes funérailles,
Venais-tu de tes mains déchirer mes entrailles?
Réponds!

CRÉON.

Je vous prêtais un généreux secours.

ANTIGONE.

Créon!

CRÉON.

De votre sang j'ai suspendu le cours.

ANTIGONE.

Eh quoi! cet appareil qui ferme ma blessure?...

CRÉON.

Je viens de le remettre.

ANTIGONE.

Est-il vrai?

CRÉON.

Je le jure.

ANTIGONE.

Je ne te devrai rien.

CRÉON.

O ciel! que faites-vous?

ANTIGONE.

J'arrache l'appareil.

CRÉON.

Arrêtez : quel courroux?...

ANTIGONE, jetant l'appareil.

Tiens, cours le ramasser, fais-t-en un diadême.
Sa couleur à tes yeux aurait un charme extrême :
Il te ferait au mieux; il est couvert de sang!

CRÉON.

Que de sang à grands flots jaillit de votre flanc!

ANTIGONE.

Et que t'importe à toi si mon trépas s'apprête.

CRÉON.

Vous pâlissez... Le sang... souffrez que je l'arrête.

ANTIGONE.

Oh! non : ta main profane oserait me toucher!

CRÉON , s'approchant d'Antigone.

Malgré vous, s'il le faut.

ANTIGONE.

Garde-toi d'approcher!

CRÉON , reculant.

Je vois dans Antigone un dieu qui m'épouvante!

ANTIGONE.

Tu voulais m'accabler par la mort la plus lente,
Et tu comptais long-temps jouir de mes douleurs;
Mais je vais t'échapper : frémis, verse des pleurs.

CRÉON.

Bien loin que de vos maux je repaisse ma rage,
Je sens à votre aspect s'amollir mon courage.

ANTIGONE.

Ah! retiens cette voix et dérobe à mes yeux
Le supplice de voir ton aspect odieux!
D'aucun mortel encor la malheureuse vie

D'un si cruel trépas n'avait été suivie !

Se sentir expirer devant son assassin,

GrandsDieux! que de douleurspeutrenfermerun sein!

La justice vous guide : Eh bien ! dites quel crime

Du sort le plus affreux m'a rendu la victime?

Pour première faveur que du moins vos secours

De ma vie aux enfers précipitent le cours.

De grace un prompt trépas!... Je me sens exaucée.

Sur mon front se répand une sueur glacée :

Ma paupière déjà, qu'appesantit la mort,

Pour contempler le jour se lève avec effort.

SCÈNE VII.

HÉMON, NARBAS, ANTIGONE, CRÉON.

HÉMON.

Dans la coulisse.   En entrant.

Narbas, elle vit donc!... Antigone! Antigone!

Dans quel état elle est! que de sang l'environne!

Fermons cette blessure.

ANTIGONE.

Hémon, il n'est plus temps.

Je goûte quelque joie à mes derniers instans.

A vos yeux aujourd'hui j'ai découvert ma flamme;

Dans vos bras aujourd'hui j'exhalerai mon ame.

Ah! je me meurs : Adieu.

HÉMON, *tombant évanoui.*

Morte! ô ciel! je la suis.

NARBAS.

Le trouble de ses sens vient calmer ses ennuis.

CRÉON.

Hâtons-nous d'éloigner le corps de son amante :
Pour Hémon cette vue est par trop déchirante.
Un désespoir de mort agiterait son sein.
Si de son propre sang il rougissait sa main!
Polytor l'a prédit, de la fureur céleste
Le trépas de mon fils est le gage funeste.

SCENE IX.

HÉMON, NARBAS, CRÉON.

CRÉON, *après avoir fermé sur Antigone le fond du théâtre, les yeux fixés sur Hémon.*

Ses yeux s'ouvrent, Narbas.

NARBAS, *suivant des yeux Hémon qui parcourt la scène d'un air distrait.*

Comme il est agité!
Pour quelque temps, je crois, ses esprits l'ont quitté.
Tantôt à des fureurs il me paraît en proie;
Tantôt sur sa bouche erre un sourire sans joie.

CRÉON.

Où se portent ainsi vos pas irrésolus?

HÉMON.

Je ne sais où je vais ; non, je n'existe plus...
Je sens que ma raison s'obscurcit de nuages...
Tout mon esprit est plein de sanglantes images...
Il me semble qu'un bras, raidi par la fureur,
S'enfonce dans mon sein et vient presser mon cœur...
O mon père ! j'ai vu quelque chose d'horrible.

CRÉON.

Commandez aux transports d'une ame trop sensible.
Que la raison...

HÉMON.

J'adore une jeune beauté.
Toujours en l'approchant mon cœur a palpité.
Assemblés par vos mains, les nœuds de l'hyménée
A mon sort enchanté joindront sa destinée ?
Dites ?

CRÉON.

Que ne peut-elle, au gré de tous mes vœux,
Près de vous, ô mon fils, couler des jours heureux!

HÉMON.

Vous voulez que l'hymen couronne ma tendresse !
Comme je vais sentir la vie avec ivresse !
Quelle amante est la mienne ! à de si doux attraits
De si belles vertus ne s'unirent jamais...
Comment l'appelle-t-on ? C'est, je crois, Antigone :

Antigone est son nom !... Un danger l'environne...
Elle a des ennemis... On voulait son trépas...
Où donc est-elle?... Ah Dieux! vous ne répondez pas!
D'horreur à votre aspect mon ame s'est remplie...
Quelle tache de sang! votre main est rougie!

CRÉON.

Dans quelle erreur vous jette un esprit éperdu!
Ma main n'a point de sang.

HÉMON.

Elle en a répandu!
Dieux! écartez de moi cette affreuse lumière!
Pourquoi me rendez-vous ma raison tout entière?
Oui, j'ai vu mon amante, une blessure au flanc;
Ce marbre, avec horreur, s'abreuvait de son sang:
Elle vient d'expirer sous les coups de ta rage.
Un tyran sacrilége a donc eu le courage
De détruire en ce jour cet objet précieux
Que pour charmer la terre avaient formé les Dieux!
Pourquoi l'as-tu frappée? Ah! ta bouche homicide
De s'enivrer de sang sans doute était avide.
Eh bien! hâte tes pas par l'âge appesantis;
Son sang ne tombe plus que par gouttes!

CRÉON.

Mon fils!

HÉMON, tirant un poignard et s'approchant de Créon.

Je ne suis plus ton fils et tu n'es plus mon père!

CRÉON, *reculant.*

Vous pourriez?...

HÉMON.

Non, jamais : pardonnez... la colère
De mes esprits troublés a chassé la raison...
Si je ne puis laver dans le sang de Créon
Le poignard dont son bras, destiné pour le crime,
N'a pas craint de frapper la plus pure victime,
A mon amante au moins, pour apaiser ses cris,
De son lâche assassin j'immolerai le fils :
Son ombre aura du sang! Vous l'avez égorgée,
Eh bien! devant vos yeux, c'est moi qui l'ai vengée!

Il se tue.

NARBAS.

Ah! Dieux!

CRÉON.

Hémon n'est plus! mes malheurs sont certains;
Antigone! ô mon fils! j'envierai vos destins!

FIN.

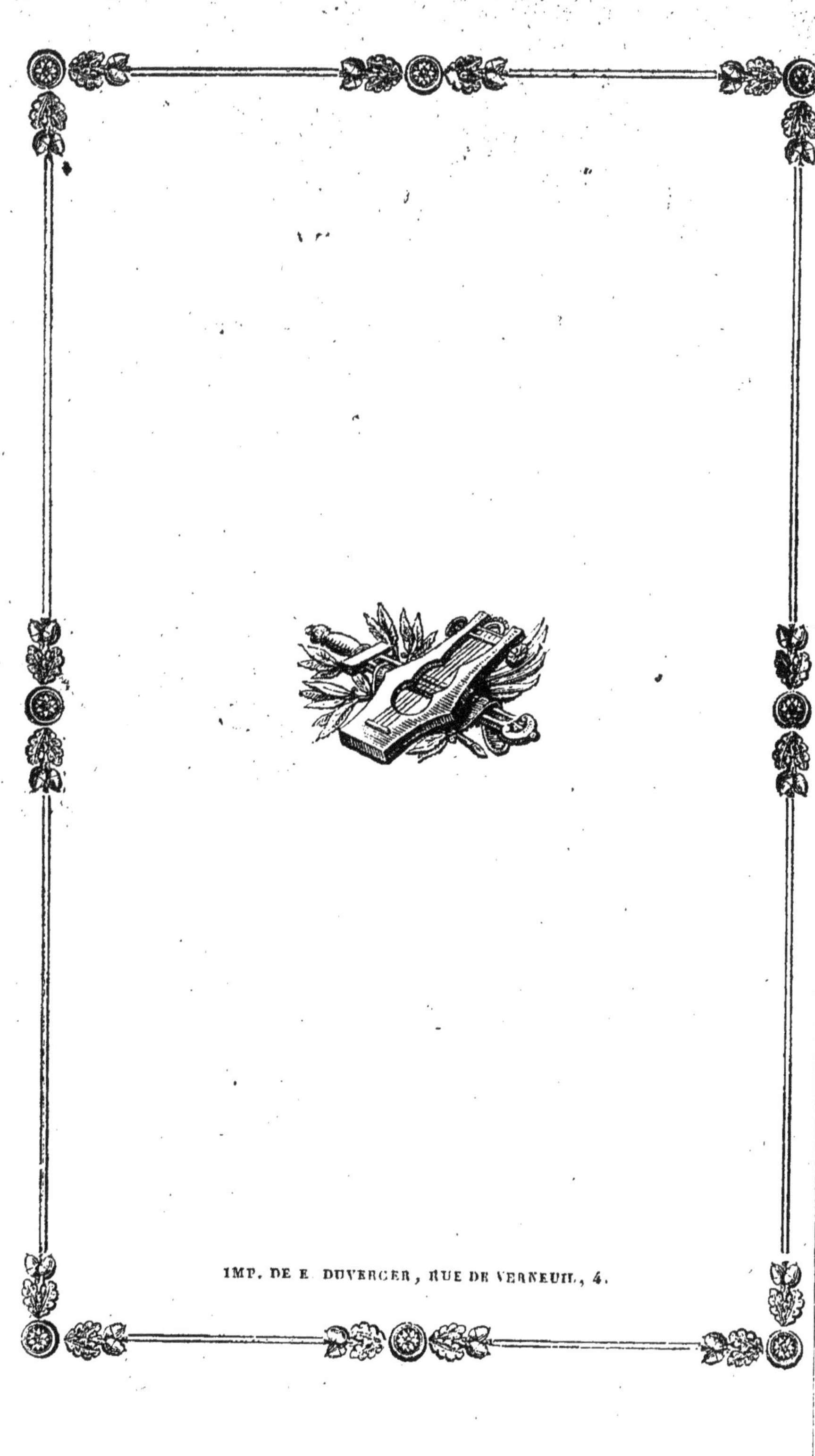

IMP. DE E. DUVERGER, RUE DE VERNEUIL, 4.

www.ingramcontent.com/pod-product-compliance
Ingram Content Group UK Ltd.
Pitfield, Milton Keynes, MK11 3LW, UK
UKHW022100070726
13613UKWH00002B/884